@infinity6ix

U0164410

校園盜竊風波

SAGEBOOKS
HONGKONG

時間：太古

地點：遠方⋯⋯星空⋯⋯

一個星睡下去了。

然後……

一個、一個…… 其他的十七個星也就都睡了。

星空、地球，都在等……

……等他們再醒過來。

ā tè
阿 特
電波心眼
過目不忘

zhì shàng
治 尚
被同學
誤會了

yì chéng
亦 成
個性內向

TEDDY
活潑好動

yuán dīng
園 丁

學校的事
他都知道

時間線 TIMELINE

Teddy懷疑
治尚

Teddy的速可達
不見了

存美幫助
花經理畫圖

存美發現有
兩部速可達

小毛球
大鬧蛋糕店

學校出現
失竊案

治尚遇見
黃道和忍者

治言
追蹤米藍

存美借用治言的
速可達

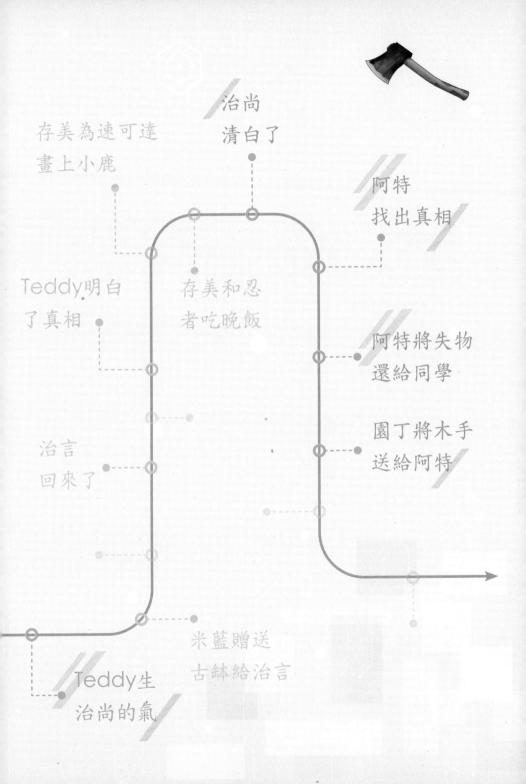

治尚
清白了

存美為速可達
畫上小鹿

阿特
找出真相

Teddy明白
了真相

存美和忍
者吃晚飯

阿特將失物
還給同學

園丁將木手
送給阿特

治言
回來了

米藍贈送
古鉢給治言

Teddy生
治尚的氣

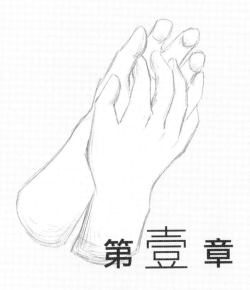

第壹章

阿特剛
走進校門
口，就看到
Teddy 和治
尚對立着，
只見 Teddy
滿臉不高興地故意別過

頭去，不理會治尚，頭
也不回地走向課室。

他追上去問治尚：
「她怎麼啦？」

「不知道。女孩子
嘛⋯⋯」治尚笑了笑，也

和阿特一起向課室走去。

他們一起進入課

室，坐到自己的座位上。

上課的時候，阿特察覺到治尚好像有心事。

就算是在治尚最喜歡的數學課上，老師提問的時候，治尚也不像平常一樣第一個舉手作答。

阿特感覺最近同學

們有點古怪，大家對治尚都很冷淡，不怎麼和他說話。

這幾天，治尚都是爸爸開車送他上學，放了學他也馬上就走了。

數學課下

課後，阿特對

治尚說：「放學後一起

去踢足球啊。」

「我⋯⋯」

「沒你不行啊，我

一個人怎麼踢？」

「我又沒說不去。」
治尚笑着說。

放學後，兩個人
在球場上踢得滿頭
大汗。

要回家的時候，阿
特收起足球，不經意地
對治尚說起，「今天祖

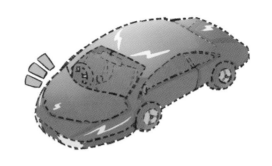

行說他的閃電車被偷
了。」

「難道連你也認為
是我偷的？」阿特話音剛
落，治尚馬上就反問了。

他的語氣聽起來很生氣，神情也受傷了。

「甚麼？」阿特感到很奇怪，「我怎麼可能這麼想？誰會這麼想呀？」

治尚不作聲了。

阿特追問：「難道大家說是你偷的？」

過了好一會兒，治尚才慢慢地說：「他們雖然沒有在我面前說，

可是我還是聽到了，學校裏的人都認為小偷就是我。」

「我可沒聽說過呀……」

「算了，反正我又

沒真的偷東西，我也不
怕人家說。」

阿特知道，有些同

學平時不太喜歡治尚，所以說出這種話也難怪。治尚表面上雖然表現出沒事的樣子，可是心裏卻很難過。

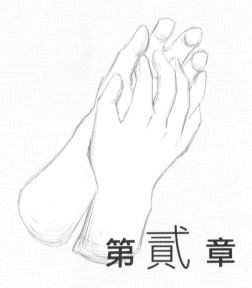

第貳章

阿特
在學校很
受大家的
喜愛。

他不但是班長，同
時也是足球隊的成員。

平常大家總喜歡聽他說故事。他的笑話也特別多，有他在的場合，大家總會很高興。

阿特和誰都合得來，特別是和治尚最

要好。

這天，他和一群同學說起語文老師已經好久沒有在班上說故事了。

「我可有一個故

事。」阿特說。

「說來聽聽！說來
聽聽……」大家都想聽
故事。

阿特說起來了：

「從前有一個農夫，他新買了一把斧頭。斧頭很好用，他很喜歡。

可是過了幾天，斧
頭不見了。

他想起斧
頭剛買回來的
那天，鄰居的大兒子看
見了，還對他說過「買

得好」。他就想：有可
能就是那大兒子偷的。

　　接下來的幾天，他
每次見到鄰居的大兒子，
都感覺他走路的樣子像
一個偷斧頭的人，說話

的神情也像
一個偷斧頭
的人。

農夫心想，斧頭一
定是他偷的。最後，他
打算去舉報那兒子。

誰知，第二天他找回了那斧頭。

原來呀，他前幾天工作完後，要去井邊打水，就把斧頭放在了一邊，回過頭就忘記帶

走了。

　　斧頭找回來了，農
夫這下可高興了。

　　當他再次見到鄰居
的大兒子的時候，就覺
得他走路、說話，都不

再像是一個
會偷斧頭的
人了。」

「啊……」大家都
聽入神了。

「原來從頭到尾

就沒有人偷啊。」有
人說；

「原來真相和農夫
想的不一樣……」又有
人說；

「看來個人的看法

<ruby>不<rt>bù</rt></ruby><ruby>一<rt>yī</rt></ruby><ruby>定<rt>dìng</rt></ruby><ruby>就<rt>jiù</rt></ruby><ruby>對<rt>duì</rt></ruby>……」<ruby>還<rt>hái</rt></ruby><ruby>有<rt>yǒu</rt></ruby>

<ruby>同<rt>tóng</rt></ruby><ruby>學<rt>xué</rt></ruby><ruby>說<rt>shuō</rt></ruby>。

大家還想阿特再說
一個故事，可是上課的
時間到了。

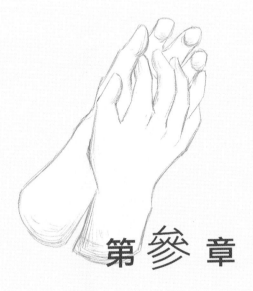

第參章

阿特看到
治尚和 Teddy
一起有說有
笑，感到有點
意外。

治尚對阿特說：

「Teddy 昨天認識了治言，也找回了她的速可達了。我清白啦！」

「對，我成了你說的那個農夫，治尚就是大兒子了。」Teddy 對

阿特說。

三個人都笑了起來。

阿特說：「不過我們還是應該要找出真正的小偷，找出真相。」

「這當然，」Teddy熱情地說，「我也來一起幫忙。」

阿特點點頭，說：
「首先，我們要總結一
下，這些被偷的東西都
有哪些共同點。」

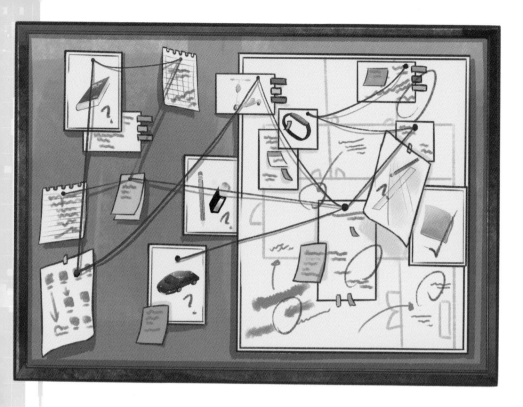

「甚麼共同點？」

Teddy 問。

「比方說：是不是

都在哪幾
個課室被偷
的？或者都
在同一個甚
麼地方？還有，是不是
都在哪個時間被偷走的
呢？又或者，東西的物

主都是幾年級的學生？
是男生還是女生的東西
被偷⋯⋯」

「怎麼聽起來你還
真像個警察？」阿特
還沒說完，Teddy 就笑

起來說。

「他爸爸是我們南區的督察呀，」治尚告訴 Teddy，「他自然也就是半個警長了。」

阿特的臉有點紅

了，他說：「我也是爸爸教的⋯⋯」

「祖行的閃電車是在操場上不見的，」Teddy 回想着說，「當時操場上有一大群人，

祖行拿出來給大家看過了，然後放回了書包裏去。」

阿特想起來了，當

時他也在操場。

「奇怪的是，」
Teddy 接着說，「在我
們一起走回課室的路
上，他就察覺到閃電車
不見了。」

「足球隊的希遠說，他的心速計是在更衣室被偷的。」阿特說，「可是當時大部分的隊員都在更衣室裏呀！」

「看來小偷不是悄悄地去偷東西，而是光明正大地去偷！」治尚說。

「小偷
還光明正
大？」Teddy
笑了。

「那小偷會是足球
隊員嗎？」治尚問。

「那也不一定。」
阿特說，「更衣室不是
足球隊專用的，就算不
是隊員也可以進去的。」

　　阿特一面說，一面
運用起心眼慢慢地回想

着那兩次的現場畫面。
他的心眼掃過兩個場面
的每一個角落。

然後他很有信心地
說：「小偷一定不是足
球隊的成員。」

「你怎麼知道？」
Teddy 和治尚齊聲問。

「因為，」阿特說，

「地上有皮鞋的鞋印。所有的隊員穿的都是球

鞋，而皮鞋和球鞋的鞋印是有區別的。」

「那小偷是一個平常只穿皮鞋的人！」治

尚大聲地叫起來，「哇哈！我可是天天穿球鞋的！」

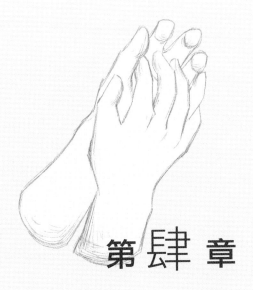

第肆章

坐在
Teddy 鄰
座的成平
是一位很
平常的學
生：他的身高很平常；
聲音很平常；功課也很

píng cháng
平常。

xiàng zhè yàng yī wèi píng cháng de
像這樣一位平常的

xué shēng tóng xué
學生，同學

men cóng lái bú huì
們從來不會

zài yì suī rán
在意。雖然

méi yǒu rén tè bié
沒有人特別

不喜歡他，可是也沒有
人和他特別地要好。

　　阿特對成平的感覺
反而還好。

　　每當班上有甚麼
事，成平總會和其他同

學一起齊心合力，有力出力。只是，也許因為成平很內向，所以同學們都不怎麼和他說話。

放學的時候，阿特和治尚剛好走在成平的

身後。治尚推了阿特一
把，然後用下巴指了指
成平的鞋子。

成平
穿着的是
皮鞋！

「不會吧？！」當治尚把他的想法告訴 Teddy 和阿特的時候，Teddy 有點不相信。

治尚問阿特：「你認為呢？你能過目不

忘，用你的心眼再看一下，成平當時在不在。」

其實，阿特不但早已經知道成平兩次都在，還知道只有他和成平兩個人是兩次都在現

69

場的人。

可是，成平那麼內

向，要是這樣直接去問他，反而不太好。

「要是真的是他，那他有甚麼目的呢？」阿特反問兩位同學。

「啊，我只會計算，

專門和電子打交道。」
治尚說，「我可沒本事
去想人的心事呀。」

「這種事也只有去問他本人才會知道吧。」Teddy 說。

第二天早上，還沒到上課的時間，成平一個人站在操場旁邊的大

樹下。阿特利用這個好時機，走上前去。

　　阿特走到成平身邊，站了一會兒，然後開口了：「聽希遠說，他的心速計不見了，他

媽媽好生氣呢。」

成平一直低着頭看着地上，沒有回答。

「我想，偷東西的人一定只是覺得好玩而已。」阿特又說，「他

一定也不會真的想同學們難過的。」

這個時候，成平忍不住了。

「我不是因為好玩。我只希望能和大家做朋友。」成平輕聲地說，「只要他們來找我說話，我馬上就可以將東西還給他們啊。」

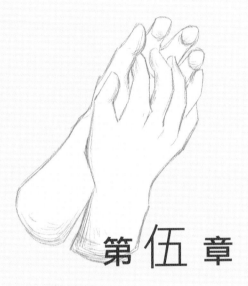

第伍章

當阿特
和成平將心
速計交給希遠的時候，
希遠十分感動。

「你們居然能找回
來！這下好了，我可以
向我媽交代了！」

成平和阿特要離開了，身後的希遠又叫道：「成平，星期六上我家來打遊戲？」

成平點點頭，笑了。

當祖行發現書包裹
放着自己的閃電車時，

全班同學都聽見了他的

歡叫聲。

阿特說：「這還得

感謝成平啊，是他在操場上找到的。」

　　「對！成平，真的謝謝你！」

　　成平的臉一下子紅了。

「成平幫你把車找回來以後，我還將車子升級了呢。」治尚在一旁說，「今天放學後，我們一起去球場玩升級車吧。成平，你說好不好？」

成平點點頭，說：
「好。」這下子，他從
心裏笑出來了。

這天，阿特一個人坐

zài xiào yuán de cháng yǐ shàng kàn shū
在校園的長椅上看書。

xiào yuán
校 園

de lǎo yuán dīng
的 老 園 丁

zǒu le guò lái
走 了 過 來。

nǐ de nà wèi shén tōu shǒu
「你的那位神偷手

tóng xué néng yǒu nǐ zhè wèi hǎo péng
同學能有你這位好朋

友，實在是好運氣，」
老園丁對阿特說。

　　阿特感到有點意
外。學校裏的人都認識
這位老園丁，可是老園
丁總是一個人工作，從

來不和學生說話。

老園丁笑着點點頭，對阿特說：「我都知道⋯⋯我都知道。」

阿特站起來。

「坐下，坐下。」

只見他拿出一塊木頭，
交給阿特。

阿 特 接
過一看，原
來是一雙木
頭做的手。

「你爸爸是一位好督察，專門捉小偷和壞人。」老園丁對阿特說，「你呢，比他還要有更好的方法，不但能幫到別人，還能做到兩全其美。」

阿特心想，老園丁知道的東西還真多。

老園丁又說：「這個給你，你帶回家去好好看好。以後就會明白的了。」

阿特更覺得奇怪了，想問個明白。這時，剛好有幾位同學追着球經過，等他回過頭來，老園丁已經走遠了。

卷四　完

漢字少林 小故事

π方案

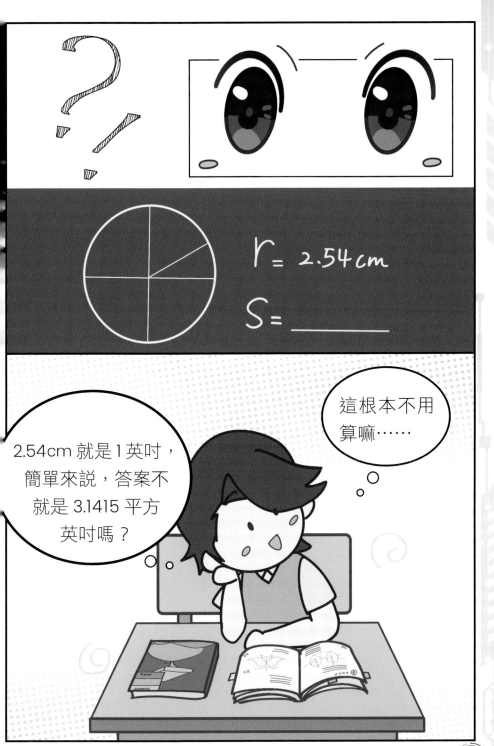

一些新相識的字

第一章

入	位	察	舉	足	反
而	雖				

第二章

隊	員	夫	斧

Created and written by
劉俐 Lucia L Lau

ISBN: 978-988-8517-85-5

@infinity6ix

2023年10月 第一版
思展圖書：香港荃灣海盛路11號 One Midtown 9 樓15 室

First edition, October 2023
Sagebooks Hongkong: Room 15, 9/F, One Midtown, 11 Hoi Shing Road,
Tsuen Wan, Hong Kong.

https://sagebookshk.com

The Thief and the Detective

Volume FOUR

The Book of Earth

https://ShaolinChinese.com.hk

@infinity6ix

SAGEBOOKS

ISBN 978-988-8517-85-5

Created and written by
Lucia L. Lau